淡交

櫻井俊治句集

Sakurai Toshiharu

ふらんす堂

序

櫻井俊治さんが「山茶花」に入会されたきっかけは、私がＮＨＫ俳句の選者として出演していたのをご覧になっていたことであるらしい。その後、箕面の滝へ吟行した時が初対面だったのは、私の記憶にもある。男性の新入会というのは、女性に比べると少ないので印象に残ったのであろうか。

そんな俊治さんが句集を上梓される。「山茶花」入会後、十数年といったところであるが、とてもそうとは思えないほど粒揃いの句が並んでいて、すでにベテランの域に達しておられると言っていい。

氏は長らく金融関係のお仕事をされて来て、今は悠々自適の毎日を送っておられるようである。まずは、現役時代を回顧しての作かと思われる句から見てゆこう。

転任の君の秋思を思ひけり
いつよりかクールビズとふ更衣
赴任してすぐの社宅の溝浚へ
クレームのメール届きし夜寒かな
春の風邪おして接待ゴルフかな
新幹線夏至の夕日を追ひかくる
宴会の無礼講なる宿浴衣
夜濯に込み合ふコインランドリー
銀行へ外して入るサングラス
有休の父の付き添ひ入学式
新社員タイの曲がりを直し合ふ
居酒屋のハッピーアワー夕薄暑

一句目、同僚の思わぬ転勤に寄り添う気持であろうか。ご自身も三句目のような経験をされたのであろう。それは、八句目のような単身赴任であったのかもしれない。顧客の応対をしていると、四句目のようなこともあったし、九句目のような来店者もいた。十句目、時にはやりくりして家庭サービスも欠かせない父親としての一面、五句目、接待ゴルフに風邪など言い訳にはならない。すまじきものは宮仕えといったところか。六句目、日は永くても出張の慌ただしさに変わりはない。二句目、長年勤めているうちに、かつては真夏でもスーツ・ネクタイが欠かせなかったサラリーマンの姿にも変化が生じた。時代の流れである。それは、十一句目の部下を見守る作者の眼差しの変化にも表れている。そして、七句目、十二句目のように、酒はサラリーマン生活には欠かせないものだったのであろう。どの作品も取り上げられている素材は様々であるが、いずれもサラリーマンの生活を客観的に捉え、季題で包み込んだ詠み口が、読者の共感を呼ぶにちがいない。

これらはいわゆる人事句と言っていいが、次に挙げたように、人の動きを通して自然を観察するというところが、この一集の特徴のひとつであるように思われる。

暖かやテラス席から埋まりゆく
玄関にゴルフバッグと君子蘭
ペンションを始めて二年大根蒔く
大原の終バス早し秋の暮
山好きの高じてガイド山笑ふ
飽きてきて矢継ぎ早なる石鹼玉
道普請照らすライトに火取虫
はぐれたる子羊探す野分あと
近道の筈が一面青芒
サーファーの聖地の浜の桜貝

これらの作品の季題は人事に分類されるものもあるが、時候、動物、植物もある。それらの背景に人の営み、動きが読み取れる。これらは単なる取り合わせというのではない。つまり、人の営みを詠むために季題を斡旋してきたと言うのではなく、まず季題を捉え、それを案じているうちに、発想が人の動きへと飛躍したと見るべきものであり、この発想に俊治さん独自の個性の萌芽がある。例えば、最後の桜貝の句、この季題を詠むのは、大抵、それを拾う動作、どこで拾ったか、あるいは、そういう想い出を回顧しての作が多い。この句も桜貝を拾った場所、見たところを詠んではいるのだが、それが甘い感傷に流れてはいないところに注目すべきであろう。サーファーが聖地としている浜は、大波が寄せるところであろう。そんな海岸に桜貝は少ないのかもしれないし、サーファーはそんな小さな貝殻に関心がないかもしれない。が、そこに桜貝を点じてきたことによって、景色に意外な展開が感じられるだろう。大波によって深い海から打ち寄せられた小さな美しい貝と、その大波に挑み続ける若者の対比によって、硬質な叙情が汲み取れるのである。

俊治さんは多趣味の方で、中でも囲碁、将棋は相当な腕前をお持ちのようである。それは、

棋譜なぞり敗着探す夜長かな

長考の開けては閉づる扇子かな

一人碁にやがて飽きたる雨月かな
縁側に碁盤持ち出し冬ぬくし
古扇閉ぢて投了告げにけり

などの作品となっている。他人の対局を見ていても出来なくはないかもしれないが、やはり、一句目、二句目などは当事者の作という臨場感が備わっている。

足るを知り求めぬ暮らし沙羅の花
利休忌や淡き交はり旨として
水菓子と呼ぶにふさはし桃を剝く

こういう句からは茶道の嗜みもおありかと思ったが、そうではないらしい。が、

剣道の面より洩るる息白し
泣顔の子も交じりゐて寒稽古
究めたき道ひと筋や寒稽古

などの句から察せられるように、道を究めるという姿勢がおのずと表れているようにも思う。それは野球、ラグビーなど、スポーツを素材とした作品にも通じているのかもしれない。俳句にも「道」という姿勢は大切なことである。

改めてここに、二句取り上げてみる。

上の葉は少し小さめ椿餅

スタートを待つ風花のジャンプ台

前句、餅を包んだ椿の葉の上の一枚が少し小さかったという些細な発見、後句、スキージャンプの選手が風花の止むのを待っている緊張の一瞬である。静の二句と言っていいが、後句はここから大きく動へと転じてゆく。静を静のまま作品として完成させるか、静から動へと飛躍させて一句とするか、全く異なるように見えて、実は原点は一つである。つまり、五・七・五という定型の容量をぴたりと満たしていることに注意を払うべきで、前句は発見して捉えたものを読者の前に投げ出して椿餅の質感を感じさせ、後句は描き取ったものを提出して、その背後に横たわるものを読者に想像させるという手法を取っているのである。俳句という特殊な文芸固有の手法を生かしきっていると言えるだろう。

俊治さんは毎月の「山茶花」の例会に参加されていた時期もあったし、芦屋の虚子記念文学館の教室へ来られていたこともあった。その帰途、「山茶花」運営のお手伝いを懇願したこともあった。それは叶わなかったが、こうして一集に纏められたということは、俳句への情熱もますます盛んであることの証でもあろう。冀くはいよいよ精進を続けられて、第二、第三の家集を上梓されんことを。

多忙に取り紛れ、お約束に大幅に遅れてご迷惑をお掛けしたことをお詫びして、拙い序としたい。

六甲山麓にて　三村純也

令和五年歳晩

淡交／目次

句集　淡交

第一章

平成二十四年〜二十七年

平成二十四年（二〇一二）

鳥帰るひとすぢの道我もまた

これといふ不足なき身の春愁

大過なく定年来たる麦の秋

余生とは昼寝の叶ふ暮らしとも

足るを知り求めぬ暮らし沙羅の花

ノート取る肘の湿りの秋暑し

かつて皆野球少年獺祭忌

庭訓は淡き交はり水の秋

湯の町をそぞろ歩けば秋の声
転任の君の秋思を思ひけり

露天湯に灯の点りそめ秋の暮

鳥威世界遺産の棚田にも

ひつそりと刃物市立ち神の留守

閉め切つて老の一人碁冬座敷

マンションの有志の回る夜警かな

御降の庭木を少し濡らすほど

平成二十五年（二〇一三）

春菊や鍋の季節もあと少し

赤福と饂飩の昼餉伊勢参

暖かやテラス席から埋まりゆく

厩出し犬も喜び後を追ひ

結納の日の蛤のすまし汁

春風や国旗はためくレストラン

吹けぬ子のただ追ふばかり石鹼玉

歩荷行く朝の木道水芭蕉

いつよりかクールビズとふ更衣

大きさの同じ社宅の鯉幟

マネキンの青きペディキュア夏めける

走馬灯見つめ思ひ出話など

ひと山を越えたる思ひ今朝の秋

高層の開かぬ窓の遠花火

町名のテント張りをる地蔵盆

試合なきサッカー場の虫時雨

御祓の間にも魚跳ね浦祭

鷗外のつましき生家石蕗の花

母の紅つけてもらつて七五三

凩をまともに受けてペダル漕ぐ

仕留めたる様子など聞き薬喰

侘助や閑居の日々に慣れもして

平成二十六年（二〇一四）

鉢巻の塾の一団初詣

待針の色のやや褪せ針供養

ロードショー跳ねて銀座の春時雨

玄関にゴルフバッグと君子蘭

和室なきマンションとても雛の家

髪の色元に戻して卒業す

これよりは雨が気になり初桜

春暁の街に長距離バスの着く

地車の速度緩めず曲がりけり

門付の手締高らか町神輿

赴任してすぐの社宅の溝浚へ
そのうちに口数減りぬ草取女

国境の瀑布に生るる虹数多

橋いくつ潜りて戻る船遊

ペンションを始めて二年大根蒔く

廃屋の形残して葛茂る

秋風や消化試合のデーゲーム

見て触れて割つて通草の熟れ具合

クレームのメール届きし夜寒かな

永遠の若大将の木の葉髪

赴任地の覚悟問はるる寒さかな

剣道の面より洩るる息白し

開拓の村に吹雪の容赦なく

ラグビーのスクラムに湯気立ちのぼる

有休を少し残して年暮るる

半日の時差の国から初電話

平成二十七年（二〇一五）

たまりたるメール開いて初仕事

師たる父いつか越えんと寒復習

泣顔の子も交じりゐて寒稽古

竹馬に慣れて広ごる歩幅かな

マスクしてセンター試験始まりぬ

ひと電車さらに早めて大試験

春の風邪おして接待ゴルフかな

おとうともそのともだちも雛の客

里帰り兼ねたる彼岸詣でかな

利休忌や淡き交はり旨として

春宵の祇園白川歌碑ひとつ

聖餐の長きテーブル復活祭

ひとけたも団塊もゐて昭和の日

メーデーの代読多き式辞かな

卯波寄す岸に風力発電所

新幹線夏至の夕日を追ひかくる

話し声やめば波音キャンプの夜

宴会の無礼講なる宿浴衣

誘はれて否とは言はぬ暑気払

新涼や電波時計の狂ひなく

夭折は佳人の定め花芙蓉
この地にも棄老伝説蕎麦の花

水菓子と呼ぶにふさはし桃を剝く

爽やかややや転入生の標準語

秋晴やノーベル賞に日本沸く

濁り酒車座になり回し呑む

脱サラの店主手打の走り蕎麦

晩酌を控へ目にして栗ご飯

スタジオで着付済ませて七五三

古希にして御洒落忘れず木の葉髪

屋台にはコップが似合ふおでん酒

鰭酒の蓋開け閉めの手品めく

延着の夜行列車の氷柱かな

第二章

平成二十八年〜三十年

平成二十八年（二〇一六）

黒塗の車待たせて門礼者

買初の両手に余る福袋

初夢のいつかどこかで見し景色

究めたき道ひと筋や寒稽古

早ばやと花粉情報寒明くる

一本の糸に公魚二三匹

豪雨禍のありし傾斜地木の実植う

明日もまた学部を変へて大試験

財界の重鎮にして目刺好き

離陸機の早も紛れし春の空

到来のロゼを飲みをる春の宵

オルゴール箱にあの日の桜貝

短夜の明くるを待たず小屋を出づ
勝馬のすぐには冷めぬ滾かな

ゴルファーのプレー急かす日雷

回を追ひナイターの席埋まりゆく

夜濯に込み合ふコインランドリー

片陰を拾ひ承知の遠回り

草相撲二代続けて綱を張る

湧水で知らるる里の芋水車

講演の欠伸を隠す秋扇

見つからずさらに奥へと茸狩

杣小屋の主の馳走の茸汁

憚らず啜る音立て走り蕎麦

賑へる小春日和の蚤の市

山寺の朝なタなの落葉焚

転た寝の枕に残る木の葉髪

蕎麦餅を子らと頬張り一茶の忌

風除に昼なほ暗き番屋かな

この中に番何組浮寝鳥

辻立ちの若き候補者息白し

能勢に来てゴルフ前夜の牡丹鍋

津波禍の湾に再起の牡蠣筏

鍔に手を添へて会釈の冬帽子

終電の出たるホームの星冴ゆる

雪折の松吊縄の甲斐もなく

タックルに吹つ飛ぶラガーキャップかな

平成二十九年（二〇一七）

御降に枝の神籤の濡れはじむ

寝正月ゴルフの夫を送り出し

相撲場のことに大きな鏡餅

福男たらんと駆くる初戎

外来の患者込み合ふ寒の内

竹馬をこなし一輪車に挑む

中洲はや呑み込む勢ひ雪解川

山頂の意外に広し山笑ふ

泣くまいと一点見つめ卒業歌

仔馬生る額の星は父譲り

春愁の最たるものに花粉症

妖精の住むとふ森の花いちご
御朱印の数を重ねて春惜しむ

冷麺をメニューに加へ夏に入る

買ひ換へし夫婦茶碗に新茶汲む

来た来たと子のはしやぐ声町神輿

山下る荷駄に一枝の花茨

娘のメール届いて父の日と気づく

乗継便待つ空港の白夜かな

坪庭の透けて見えたる麻のれん

地元紙の取材も入り海開

銀行へ外して入るサングラス

ダイバーの両手で啜る飴湯かな

日展を目指し硯を洗ひけり

棋譜なぞり敗着探す夜長かな

交番の奥のひと部屋夜食とる

庭草を摘みて供華とす秋彼岸

大原の終バス早し秋の暮

小鳥来る京の町家の狭庭にも

障子貼る母の真白き割烹着

船着けばどこからとなく島の鹿

晩婚は世の流れとも一茶の忌

乗初や富士山頂を下に見て

平成三十年（二〇一八）

主の赦し信じて向かふ絵踏かな

ケータイにアラート通知冴返る

夫より妻が健脚山笑ふ

手に取れば振つてもみたき種袋

軋む音立て流氷の迫り来る

有休の父の付き添ひ入学式

新社員それとわかりし名札付け
日当れば蝌蚪より黒き蝌蚪の影

この島に受難の歴史復活祭
校章を付け替へもして更衣

傘さして吾子と見てゐる蝸牛

父の日の似顔の父の髭濃かり

長考の開けては閉づる扇子かな

砂日傘広げて妻は荷物番

崖道のさらに奥なる岩清水

総会の汗の問答終りけり

ゴルファーの手早く食ぶるバナナかな

パブで飲む一パイントの黒ビール

迎鐘聞きつつ列の進みゆく

蔓を断つことより始め墓掃除

一人碁にやがて飽きたる雨月かな

給食の学校田の今年米

万国旗十字に渡し運動会

赴任地に二度目となりし冬支度

初霜の雪でなきこと子の嘆く

草野球見てゐる堤冬ぬくし

廊下拭く修行僧らの息白し

風下に気配消し待つ猟夫かな

集め来し古書に埋もれて冬籠

うつすらと壁に掛け跡古暦

第三章

平成三十一年・令和元年〜四年

平成三十一年・令和元年（二〇一九）

神木に朝日の当たる淑気かな

棒先の餅をかざしてとんど焼

悴むは手のみにあらず心まで
束よりも一輪がよし冬薔薇

絵踏せし膝の震へのをさまらず

雪塊を時には浮かべ雪解川

独り居の部屋ごとにある余寒かな

山好きの高じてガイド山笑ふ

振り向けば見送る母の陽炎へる

新社員タイの曲がりを直し合ふ

入学の子らに等しく未来あり

指拭ふおしぼり添へて桜餅

ふるまひの白磁の碗の新茶かな

長老のこれが最後と神輿昇く

父の日の吾子手作りのループタイ

一礼に始まる茅の輪くぐりかな

ダムの底見えたるままに梅雨明くる

弟の射程短き水鉄砲

星砂の島にブーゲンビリア咲く

献水に始まる式や原爆忌

先んじて長子の務め墓洗ふ

丸刈の少年強し草相撲

巡回を終へて夜食の守衛室
途中より雨月の宴となりにけり

一時間駆けても鰯雲の下

松茸の値を見て産地見て思案

新蕎麦を打つを見てゐるガラス越し

縁側に碁盤持ち出し冬ぬくし

夫婦してともに白髪の木の葉髪
ボランティアに出向く勤労感謝の日

魚跳ねし音にも醒めず浮寝鳥

熱燗に心の凝りの解けゆく

宅配とネットに頼り冬籠

冬帽を被りしままの屋台酒

巨軀の輪に小柄のラガー檄飛ばす

老の身に一年早し古暦

一年の愚痴を吐き出し年忘

大書せし令和の二文字筆始

令和二年（二〇二〇）

水曜は定時退社日日脚伸ぶ

捨て難きバレンタインのチョコの箱

手の湿り幾度も拭ひ大試験

世を厭ふこころ我にも西行忌

縁に座し詰碁解きをる日永かな

上の葉は少し小さめ椿餅

をどり跳ね朧の花見小路かな

飽きてきて矢継ぎ早なる石鹸玉

海外の友への土産新茶買ふ

外勤の鞄重たき夕薄暑

掛水の湯気となりたる神輿昇

駅弁のハート型なる豆ご飯

新駅へ続く坂道花水木

道普請照らすライトに火取虫

練習をさぼりし罰の草を引く

山城の空堀跡の木下闇

まだ一部迂回路残し山開

水洗ひのみのシャツ干すキャンプかな

まづビール頼んでメニュー広げをる

父母にいちどづつ撞く迎鐘

後継を得しこと告げし墓参

権禰宜の行司務むる宮相撲

手花火に起承転結ありにけり

はぐれたる子羊探す野分あと

旅に出てふと訪ふここも萩の寺

飢饉の碑残る山村蕎麦の花

緑化せしビルの屋上小鳥来る

早起きの母の鯖寿司秋祭

ほそ道の序文諳んじ翁の忌

どの子にも祝詞は長し七五三

堂守の一日二度の落葉掻

大阪に虎好き多し神農祭

帰郷せぬ吾子より届く歳暮かな

図書館にまとめ借りして寝正月

令和三年（二〇二一）

恵方なる店に贖ふ宝くじ

夫婦して和服で出掛け初芝居

七種の薬膳めきし粥啜る

カルストの岩陰を縫ひ野火走る

霾りて欠航となる空の便

勝馬も騎手も塗れて春の泥

すすり泣くうちに終りし卒業歌

甲羅干す亀動かざる日永かな

昨夜の雨からりとあがり初桜

嬰眠り時間の止まる春の昼

大渦に割つて入りたる観潮船

逆打ちの遍路の顔の皺深し

葉桜の影濃き午後のカフェテラス

プレーボール待つ球場の夕薄暑

週末の慣ひとなりし夜釣かな

近道の筈が一面青芒

古扇閉ぢて投了告げにけり

創業年記し老舗の日除かな

朝芝を刈るゴルフ場露涼し

己が汗沁み込む土に鍬ふるふ

噴水の止めばきれいと云へぬ水

驟雨去りまたふたたびの蟬しぐれ

あたりなき浮子に近寄る海月かな

暮れなづむ広場にはやも踊唄

交番に赤き灯ともる秋の暮

廃校に残る記念樹小鳥来る

電線の風切る音の冬めける

また売れて手締め始まる熊手かな

センサーで点る門灯暮早し

調教の人馬ともども息白し

重ね着て今日も在宅勤務かな
餅搗の母の手返し慣れたもの

数へ日の朝刊薄くなりにけり

今年また帰郷あきらめ寝正月

令和四年（二〇二二）

駅からは塔が目じるし初弘法

湯気の立ちのぼる川面の寒に入る

自主トレの課題に挑み春を待つ

全山に雪崩警報出し日和

公魚を釣るテントにも換気孔

千年の古法受け継ぎ魞を挿す

野兎の穴より覗く焼野かな

門司港の瓦斯燈烟る春の雨

野球部の子等髪伸びて卒業す

海跨ぐライトアップの橋朧

サーファーの聖地の浜の桜貝

比べ読む社説憲法記念の日

居酒屋のハッピーアワー夕薄暑

せせらぎに木洩れ日こぼし若楓

翡翠のその一瞬を構へ待つ

梅雨明の魚飛び跳ぬる河口かな

栓敲く汝が癖今も瓶ビール

蜜豆を奢り授業のノート借る

抑留のことは語らず生身魂

校庭の闇にこぼるる夜学の灯

園児らに届く高さの葡萄狩

啜る音も味はひのうち走り蕎麦

分校のひと足早き冬支度

冬ぬくきことを喜ぶ齢となる

宅配便重ね着のまま取りに出る

町内の親睦行事餅を搗く

スタートを待つ風花のジャンプ台

道草もたまにはよしと漱石忌

あとがき

俳句を始めて十五年ほどになります。そもそものきっかけは還暦間近になり、俳句が老後の趣味のひとつにでもなればと思ったからです。始めたと言っても会社勤めは続けていたので、日曜日の朝放映の「ＮＨＫ俳句」を見て、週一回のペースで全く自己流の俳句を月に四句投句するだけのスタートでした。ゴルフで言えば、ハーフセットのクラブを買い、週末に練習場へ行き、我流のフォームで打ちっ放しを始めたというようなものでした。

ところが、一年余り経った頃私の句が「ＮＨＫ俳句」に入選し、テレビで紹介されることになりました。ＮＨＫの番組担当の方から突然電話を貰った時には本当にびっくりしました。こういうのもビギナーズラックと言うのでしょうか。そして、その少し後に今度はたまたま投句した日経俳壇にも拙句が掲載されました。この二つの出来事を機に、俳句に対し俄然やる気が出てきました。いちから俳句を勉強しようと思い、ＮＨＫ学園の通信俳句講座を二年間受講することにしました。また、俳句の本をいろいろ買っては読むようになりました。

会社勤めが一段落した平成二十四年（二〇一二年）、俳句結社「山茶花（三村純也主宰）」に入会しました。三村純也先生は前年までの三年間「ＮＨＫ俳句」の選者をされており、私は欠かさず見ていました。先生の俳句に対する深い造詣と端正な語り口に惹かれ、結社に入るなら「山茶花」にしようと決めました。生まれて初めて句会に出席したときはとても緊張しましたが、俳句が座の文芸であることを体感し、それまで一人で投句していたときとは全く異なる俳句世界に飛び込んだことを実感しました。

また、「山茶花」の句会とは別に、芦屋市の虚子記念文学館にて純也先生が講師をされていた俳句教室にも二年間通いました。少人数の生徒を対象に、作っていったすべての句一句一句に先生が懇切丁寧に選評をしてくださるという講座で、私にとってはこの上ない勉強の場になりました。

「山茶花」入会から十二年が経ちました。我ながらよく続けてこられたなあ、と思います。これもひとえに純也先生の肌理細やかなご指導と気の置けない句友の皆さんとの交流の御蔭と深く感謝しております。最近の三年間はコロナ禍の為、一堂に会しての句会が開催されないこともありましたが、今や俳句は紛れもなく私の生活の一部になりました。

昨年私は後期高齢者の仲間入りをしました。健康寿命を過ぎ、流石に心身とも衰えを感じるようになりました。衰え切らないうちに残せるものは残しておきたいという気持ちが強くなり、これまでの句をまとめて句集を出すことにしました。句集名の「淡交」はこの句集所収の、

庭訓は淡き交はり水の秋
利休忌や淡き交はり旨として

から採りました。前句の「庭訓」という措辞は些か大仰ですが、私にとって淡交は自我に目覚めた以降いつしか身についた処世訓のようなものです。人との交わりには適度な距離感が大切だと思います。四十年を超える勤務生活を終え、いま私は「林住期」のさなかにあります。人間は一人では生きていけませんが、なるべくなら周囲や人様に頼り過ぎず、自律のこころを保持しながら、好きなことをして静か

に余生を送る、これが今の私の理想とするところです。同好の士が句座を囲み、終われればあとを引かずに散会する、俳句を介しての交流は淡交そのものではないかと思います。茶道に言う一期一会にも通じるところがあるような気がします。

俳句は四季の移ろいや、その時々に自分の感じたことや思いを季語の力を借りて綴る、世界でも類のない短詩型表現手段です。自分の言いたかったことが上手く言い得た時の爽快感がたまらない魅力です。これからも句座を大切にし、自分らしい俳句を一句でも多く作れるよう励んでまいりたいと思います。

最後になりましたが、今回句集上梓にあたり、三村純也先生には超ご多忙の中、選句に加え、身に余るご序文まで頂戴いたしました。まことに有り難く、衷心より厚く御礼申し上げます。

令和六年早春

櫻井俊治

著者略歴

櫻井俊治（さくらい・としはる）

昭和23年9月30日　京都市生まれ
昭和46年　京都大学経済学部卒業
同年　　　金融機関に入社
　　　　　東京、大阪、京都、神戸、福山にて勤務
平成24年　「山茶花」入会
平成25年　42年間の会社生活を終える

現　在：「山茶花」同人　俳人協会会員
趣　味：俳句、将棋、囲碁、読書、スポーツ観戦など

現住所：〒662-0918　兵庫県西宮市六湛寺町2-2-504

句集　淡交　たんこう

二〇二四年四月二六日　初版発行

著　者――櫻井俊治
発行人――山岡喜美子
発行所――ふらんす堂
〒182-0002 東京都調布市仙川町一―一五―三八―二F
電　話――〇三（三三二六）九〇六一　ＦＡＸ〇三（三三二六）六九一九
ホームページ https://furansudo.com/　E-mail info@furansudo.com
振　替――〇〇一七〇―一―一八四一七三
装　幀――君嶋真理子
印刷所――日本ハイコム㈱
製本所――㈱松岳社
定　価――本体二八〇〇円＋税

ISBN978-4-7814-1646-5　C0092　¥2800E